U0068457

相視告別

向——

林烱勛 著

【總序】
台灣詩學吹鼓吹詩人叢書出版緣起

蘇紹連

「台灣詩學季刊雜誌社」創辦於一九九二年十二月六日，這是台灣詩壇上一個歷史性的日子，這個日子開啟了台灣詩學時代的來臨。《台灣詩學季刊》在前後任社長向明和李瑞騰的帶領下，經歷了兩位主編白靈、蕭蕭，至二〇〇二年改版為《台灣詩學學刊》，由鄭慧如主編，以學術論文為主，附刊詩作。二〇〇三年六月十一日設立「吹鼓吹詩論壇」網站，從此，一個大型的詩論壇終於在台灣誕生了。二〇〇五年九月增加《台灣詩學・吹鼓吹詩論壇》刊物，由蘇紹連主編。《台灣詩學》以雙刊物形態創詩壇之舉，同時出版學術面的評論詩學，及以詩創作為主的刊物。

「吹鼓吹詩論壇」網站定位為新世代新勢力的網路詩社群，並以「詩腸鼓吹，吹響詩號，鼓動詩潮」十二字為論壇主旨，典出自於唐朝・馮贄《雲仙雜記・二、俗耳針砭，詩腸鼓吹》：「戴顒春日攜雙柑斗酒，人問何之，曰：『往聽黃鸝聲，此俗耳針砭，詩腸鼓吹，汝知之乎？』」因黃鸝之聲悅耳動聽，可以發人清思，激發詩興，詩興的激發必須砭去俗思，代以雅興。論壇的名稱「吹鼓吹」三字響亮，而且論壇主旨旗幟鮮明，立即驚動了網路詩界。

「吹鼓吹詩論壇」網站在台灣網路執詩界牛耳是不爭的事實，詩的創作者或讀者們競相加入論壇為會員，除於論壇發表詩作、賞評回覆外，更有擔任版主者參與論壇版務的工作，一起推動論壇的輪子，繼續邁向更為寬廣的網路詩創作及交流場域。在這之中，有許多潛質優異的詩人逐漸浮現出來，他們的詩作散發耀眼的光芒，深受詩壇前輩們的矚目，諸如鯨向海、楊佳嫻、林德俊、陳思嫻、李長青、羅浩原、然靈、阿米、陳牧宏、羅毓嘉、林禹瑄……等人，都曾是「吹鼓吹詩論壇」的版主，他們現今已是能獨當一面的新世代頂尖詩人。

「吹鼓吹詩論壇」網站除了提供像是詩壇的「星光大道」或「超級偶像」發表平台，讓許多新人展現詩藝外，還把優秀詩作集結為「年度論壇詩選」於平面媒體刊登，以此留下珍貴的網路詩歷史資料。二〇〇九年起，更進一步訂立「台灣詩學吹鼓吹詩人叢書」方案，鼓勵在「吹鼓吹詩論壇」創作優異的詩人，出版其個人詩集，期與「台灣詩學」的宗旨「挖深織廣，詩寫台灣經驗；剖情析采，論說現代詩學」站在同一高度，留下創作的成果。此一方案幸得「秀威資訊科技有限公司」應允，而得以實現。今後，「台灣詩學季刊雜誌社」將戮力於此項方案的進行，每半年甄選一至三位台灣最優秀的新世代詩人出版詩集，以細水長流的方式，三年、五年，甚至十年之後，這套「詩人叢書」累計無數本詩集，將是台灣詩壇在二十一世紀中一套堅強而整齊的詩人叢書，也將見證台灣詩史上這段期間新世代詩人的成長及詩風的建立。

若此，我們的詩壇必然能夠再創現代詩的盛唐時代！讓我們殷切期待吧。

二〇一四年一月修訂

【推薦序一】
不穿衣服的詩

周紘立

怎樣的詩才能被稱為好詩？能夠以理論的刀械拆解為一塊或一小塊或者，堆疊美的冒泡詞藻其實空無一物；前者是求學院解剖方便，後者是優養化海藻壯觀卻有害。尤以後者居多，那是創作者的問題，也是時代的問題。楊佳嫻曾言詩始終是文學的「貴族」，它的冠冕閃爍，習作小說、散文者多少涉獵詩，它是語言的先鋒派以及實驗室，為了讓字典裡的老骨頭文字回春，詩，必須打破規矩。然而，在打破與打破之後呢？現代詩似乎變成修辭學的一種。現代詩雖「現代」，本質幾千年來是不變的，無非「感受」二字。

小說跟散文都需要情節與現實的再現，詩不必。於是詩擺脫座標，他的時空間同時指向過去和未來，讀者在這裡汲取他想要的營養，一句話就是神啟；換句話說，詩，應該既空無〔好讓人尋覓到一窟適合身材的防空洞〕又實在〔不是浮泛的語言拼湊〕。作者以詩展現赤裸的心，假使，再明白地掏心挖肺了也不能撼動讀者、一句也不能，或許這人該是跑馬拉松的卻參加了五百公尺田徑犯了最初也最錯誤的選擇。

林烱勛是我大學的學弟，一個社會系跑來輔修中文系，甚且唸中文研究所，我懷疑他頭殼壞掉。他寫過你能細數的文類，他說：「寫過詩和小說，對散文總有一種怕怕的坦誠感，雖然有時給別人看詩，也像是裸體一樣。」當我「驚恐的」（本人覺得聽張惠妹的歌比較能給我哭的衝動）接下這評論，並且收到詩時，電腦螢幕顯現那樣短而平和的文字，卻令我感動，馬上mail給文壇前輩過目共享。原因無他，就是他自己說的詩也像裸體。當他能夠體悟到詩其實比各種文類更需要投注情感，並且節約用字，又要達到目的……這些條條框框的時候，剩餘的幾十字往往是由碳元素經過高密度的擠壓而成的鑽石，他的詩即是高瓦數的燈泡或者最亮的星。

因為自知裸體而不害羞，詩才顯得珍貴。

林烱勛的詩幾乎沒有動用到你不認識的字，也不顛倒文法，心態近乎青春期的男孩，把他感知的事物「純粹」記錄下來。常聽人說「寫詩要趁早」，彷彿瓜熟蒂落後，你將永遠的失去，除非重新投胎以及記得要趁早寫詩這回事。我想，詩的核心就在「簡單」：包含原始的情感，樸拙的文字，豐沛但隱約的羞怯……這些是人「熟」了，理解人情世故紅塵滾來滾去之後就永不復返的。但在1990年出生的林烱勛的詩裡，還存在著這份「漾」的質地，是很難得的，在此刻的台灣更是難得，簡直是未開發的處男地。

如〈願〉的結尾：

夢是這樣發生的意外

而我們細心灌溉

試著保護

不能保護的脆弱

腰間的鈕扣

能永遠都聖誕

這首詩異常的殘酷，在我看來是如此。「在絕望中的希望」約莫能概括此詩的重點。然而作者沒有控訴或者聲淚俱下，靜謐的旁觀著他人重複自己體驗過的經驗，沒有傷痕是不能輕鬆寫下這般的詩，然它又是那樣澄澈洞明，接近孩童的目光，故殘忍。

作者的詩大抵都是雲淡風輕型的，窗戶開了風進來，肺葉呼吸血液流動，再自然不過了。可他將人間的痛寫得極輕極輕巧，像一隊螞蟻橫越你的臉，有點癢，好似有物又似無物，等要照鏡子證明時，最後一隻落單的螞蟻表示：「被你發現了！抱歉驚擾你的夢。」他的詩就是這般，乍讀無疑，事後上廁所、看電視、走路回家等諸如此類的空檔，你會想起他與他的詩，揮之不去。

因為作者的根基建立於「人類必經的生活」之上，痛苦與歡愉與希望與絕望與未來與傷痕累累的過往所形塑的現在，在同首詩裡毫無衝突的「爆炸」，類似新年河堤路人施放的小煙火，你會記住瞬間的光，和它的形狀。

林烱勛如持續「裸體」，並且打算衣不蔽體的話，他的詩會一直「純粹」地「共鳴」著，類似召換早已死去的青春回來，那都是我們的曾經，透過他三點全露的犧牲，我們得以再次感知第一次接觸世界的心境，在已滄桑的我們身上重活一遍。

周紘立，1985年生，東海大學中文系畢業，現就讀國立台北藝術大學劇本創作研究所。作品曾獲林榮三文學獎、時報文學獎、梁實秋文學獎、教育部文藝創作獎、全國學生文學獎、打狗鳳邑文學獎、新北市文學獎、台中縣文學獎、東海文學獎等。作品曾入選《102年散文選》、《103年散文選》、大陸《美文》雜誌等。獲國藝會創作補助。出版散文集《壞狗命》、《甜美與暴烈》，舞台劇劇本《私劇本》、《粘家好日子》等。

本篇收錄於《吹鼓吹詩論壇二十一號：詩人的理性與感性》

【推薦序二】
以詩告別，向詩告白

李桂媚

在〈雨季來臨以前的私密〉裡，烱勛曾以「躲到另一個角落／寫著自己」形容創作者的心情，默默筆耕十年的他，終於在2016年出版第一本詩集《向相視——告別》。這本集子雖然命名為「告別」，但僅有詩作〈沒有適恰的題目〉使用「告別」一詞，更多時候，烱勛的筆下是光，是對詩的想望。

〈介意〉一詩開頭，詩人輕聲問道：「介意我寫首詩給你嗎」，又說：「對你來說或許感到困擾」，如此小心翼翼，顯見詩中我其實才是最「介意」對方反應的那個人。末段，詩人自言：「我想你並不介意／所以讀到這裡」，是明知故問的探詢，也是你是否介意的再次確認。每一首詩、每一個文字，都像一顆星、一束希望，就像詩作所指出的：「即使星星只會向我們遠去／留下久遠以前的光／在各自的暗處維繫引力」，無論是否介意、是否錯過，每顆遠去的星都將留下光，持續影響當下，告別「相視」過的文字星光，詩的引力仍會在生命裡運轉。

〈聽說妳也寫詩〉延續詩人對「詩」的熱情，此詩並非著眼於「相視」，而是從寫詩的「相似」談起，首句即點出「很巧，你也寫詩」，「你也寫詩」隱喻著彼此品味的雷同，「必然讀過一些過期刊物」，擁有一樣的知識背景，甚至「都戴著面具」。

此處的「面具」未必是虛假或偽裝，戴上面具只能透過面具眼部的洞觀看，其實也意味著「視線」的改變，何嘗不是一種「向相視告別」?!寫詩的我們總「對著城市自言自語／建立自己的教義」，因為唯有告別曾經「相識」的一切，看見萬物隱含的光，才能點亮「一枚枚愛亮不亮」的靈感燈泡，成為真正的詩人。

〈雨季來臨以前的私密〉把租屋形容為傘，室友就在這支傘下「開始寫詩」。然而，彼此雖然住在同一個屋簷下，卻懷抱著各自的祕密，下筆寫詩的室友偷偷對貓咪說：「不要和他說」，早已睡醒的詩中我清楚聽到這句低語，只好繼續閉眼屈身裝睡。巧合的是，書寫也是詩中我沒有說出口的祕密，當室友「用兩盞檯燈／模擬一顆太陽」，尋找創作的契機，詩中我也默默「躲到另一個角落」，與文字私語。值得注意的是，晴天、雨天都可使用的「傘」，一方面呼應了「夏季」和「雨季」等情境，另一方面，「傘」有保護的意思，也象徵著詩中兩人對寫作一事保密的態度。

不同於〈雨季來臨以前的私密〉，無法坦誠說出自己是創作者的扭捏，〈有沒有人看見我的大衣〉表達了作者期待作品被看見的心情。此詩把創作比喻為衣裳，「那微微反光的褐色膚質」是靈感與文字磨擦的結果，「像一把潮濕的沃土／孵育過夢」，每一個口袋都負載著成長記憶，一旦掀開，感情便排山倒海湧現。「在縫線處寫滿詩句」代表訴不盡的心情、說不完的故事，青春或許蒼白，但那些「曾發亮的鈕扣」，都是書寫的來源，可惜「卻沒有人看見」這件詩人大衣，「宛如大衣從來都不存在」。

每一首詩，都是詩人觀看世界的方式，《向相視一一告別》是烔勛對過去的告別、對創作的告解，更是他對詩的告白，歡迎您展讀詩集，感受與詩相遇的美好。

目 次

輯一、如果還有

輯二、碎念後荒蕪

輯三、那些熟悉過的地方

輯四、觀看被觀看

輯五、隱藏

輯一

如果還有

深海少年

「具體來說，深不過是一種淺的想像。」
你說。藍色襲上你的臉龐
海面捎來無人閱讀的字句
流浪於沙灘的退縮
與那些玻璃還有易碎的疤痕
關於浪。你說
無數正爬起的海獸
他們的角沒有被記載
隨時就流動難以捕捉
如同風暴裡的眼球
馴化後成為入口

布滿輕颱螺旋間互相
拋棄物種的鱗片
孵育的過程
想起你也曾經待在
陰暗的角落等候螢光，如同
公車站前等待
晨間的相遇那樣
低調羞澀且不知會何時進化成
別的物種，側身就降雨
那被鬍渣親吻過的青春
遠洋的漁船拓開霧氣

沒有人看見你離開的場合
激起的紋路如一口井
落下漆黑
水聲

晚安

說著說著黑夜就過去了

你浸泡的位子
留下一個空洞
曾在杯碗裡尋找
溢出的時刻

視線舞蹈身軀以外的方向
關於印象
成為潑墨性的染色
從你的毛衣

開始絲綢，聽見風再跑
咬傷舌頭
告解或告白的形狀
都太傷人

我們說出了晚安
禮貌地，不提醒頸上的污漬
多麼多麼像是一個問號

有沒有人看見我的大衣

有沒有人看見我的大衣
那微微反光的褐色膚質
像一把潮濕的沃土
孵育過夢
細微且私密的
成長貓步的季節
而我們曾住一個口袋
翻面就是心臟
在縫線處寫滿詩句
蒼白的虛線，海的
顏色層層逼近

磨損那些
曾發亮的鈕扣
如夜空摩擦疲乏的神話
一點宿命
就鏽蝕了領口

卻沒有人看見我的大衣
那萌發過的果核
。陰暗地發霉
排列成紫色的漩渦
我們曾如此想像

讓風迷幻冬霧
記憶輕易失去了先後
宛如大衣從來都不存在
不存在濕冷或溫度
斑駁的燒傷
也僅是一時的觸痛
在我們曾共住的口袋

日記

直述練習在房間
被困住
宛如大雨的城市
被切片的光影。從底片
開始曝光對話

一封信
沒有冠詞，我們
都是自己的延伸
好似那些觸角
從陰暗的角

探出帶著羞怯、不安
和整體的零碎類似覓食
擷取養料是本能
但重要是咀嚼，能製造的過程
是如何悲傷

被透明解剖的感覺
雖然早已知道
血肉的位置
那些刺，報導
歷史都會過去

新聞將成為知識
或遺忘的跡象
難以抗拒的命題。周圍
然後無盡地成為
有力的波紋
譬如一頭水怪用力回頭

歉意

感覺解體再一點點
剩餘就會脫離

不再成為
影子的一部分
有時是艱難的
海岸脫離海，只是巨大的凹陷
被神走過的支線
不斷叉開的悲傷
我們走失各自的羊群

羊都是白色的

眼神單純，雖然我們並未知道

嚼食的時候

那輕巧的舌

如何生產祭祀用的

謊

巧遇

只是時間就像是不會衰退的步伐
我們回到
想像時間的界線，
度過的是不可複製，耗損的我們
瑣碎如各種遺忘的記號
汰換後的商店街
帶著熟悉與陌生的面容。
「你曾是我在哪裡
見過的樣貌般。」這段時間
說來漫長，我是多麼盼望
與你訴說

或者只是見面
見證彼此磨損的過程
逐漸釋懷的衰老。是的
是的，變化太少了
我的昨夜
又這樣待到清晨。最好都別提起
感傷。於是避開
些微你的視線

送行的一種方式

所以不送行。

落下
螺旋梯
保持不暈眩。
我們都擁有良好的訓練
在夢中經常
失去重力

疼痛是空無的
沒有肢體

操作，左右手交付

稀薄的流動

那淺淺的波紋誘動所有誤讀

另個國也許

依舊能冒險、開拓

奔跑變換的音節

踩著前後的腳跟

練習新的

眼球。公轉
自轉翻動後的潮汐
安置蛻殼的戲服
扮演日子，透過室內的光
燒起一點點的焦炭味
我們沒有除去
沒有辦法除去。

日光行進

日光
我將借用你的名字
暗喻雨季
在記憶裡是多麼潮濕
共撐一把傘乘載的焦慮

深夜的路上
我們像傷口的鏡子
裝飾於晦暗的燈具
我們的陰影處
各自受痛

簡陋的刀刃
困在流失的血管
氾濫而蔓延的
切割。你浸泡於
淤紫的靈魂裡
宛如星背後的黑
發酵種種變形的記憶
都在日光下曝露

通過廢墟般的謊言
建立新的軀體
丟下重量、負荷

以悲傷以腳印
健全成手冊
紀錄並無關緊要
習於陌生來自於明日

我們相遇、別離
在日光
行進各自的角落靜默
撫摸不了彼此的雨
就這樣陷入
他人的夢境

願

只要不揭開
希望還在
我們遲遲沒有刮開銀漆

每個人擁有夢境的方式
截然不同有人
喜歡帶在身上，摺痕信紙
以神或者其餘的祝福
相片以默然
而多汁的存活

有人枕在頭下
稀疏的部分，暫時不被發現
偶爾寄放飄浮
逐漸飄向更遠的窗外，
更遠的讓在那些雲知道
或雲以上的
知道

夢是這樣發生的意外
而我們細心灌溉
試著保護

不能保護的脆弱
腰間的鈕扣
能永遠都聖誕

沒病可發作的憂鬱

我想像自己在病院裡
讓那些顏料流掉
像血，卻沒有痛覺
在每張畫布都要提上名字
卻充滿暗喻，諸如瑪莉安那
一種讓人醉意的紅
搖晃和不太踏實的對白
朝著觀眾，或許沒有
然後說對著那些
遲來的愛人說
所有的恨意，不過都像是一種感冒

來時都是陌生的
副作用期待治癒
時常渴望昏睡在沒有夢魘的角落

床單的縐痕適合夕陽
那具有療效的瘟疫
往腹痛的側邊
跑去，輕快的腳步有如孩童的你
對所有事情迷惘，諸如
星河旋轉和脫落的落葉
從看不見的虛線拉扯

或許不只一次
察覺影子難以鑲嵌
光亮的寂寞
如一朵向日葵的夢
防禦夜晚的來臨

僅存於某條河道上的相遇

我們橫行在一踩
就飄流的河，
過藍。有如
海走不過去的潮聲
過淺，一踩
就搖擺起來沾濕時間

一條沒有盡頭的河
也沒有源流，每個人
都悄悄地渡河
像一朵葉子

飄浮在不斷遠方的
我們踩著戀人的心事
有時過緊的疼痛

我們一起渡河
沒有相約
幾乎醒來，就在夢境前
那過藍以及種種
得以晾乾
運動褲的生活。
是如此偽裝起來的顏色

過輕比河水還輕
妳過河的時候，飄了起來
如所有的花
還在青春的時候
就已經註定，
一種慘白的悲劇

一種不論順服
或者逆行
都放逐的沉默。這條河
始終過藍

而過輕地任何重量也都
無法負擔

介意

介意我寫首詩給你嗎
雖然寫得不好
不足以替代陽光穿越球場的輪廓
對你來說或許感到困擾
覺得迷路和浪費紙張
但擁有旅伴總是比較不孤獨

適當談起生活
像是哪種棲身的動物
我喜歡貓的條紋
相間而帶有毛絨的特質

撫摸便產生靜電
刺刺的任性

我想你並不介意
所以讀到這裡
即使隨時都能離場
你還是讀到這裡
即使星星只會向我們遠去
留下久遠以前的光
在各自的暗處維繫引力
暫時都不介意命運了

和那些錯過的
問題

記得曾有過的溫柔

前方
一種瘦弱的感覺

旅途的告解
經過夕陽鍍上的金黃
瞇著眼
透支自己的視力
開始消散了
記得暖意
或者燒開的琥珀
不安的香氣。我們瘦弱
在這陡峭的旅途中

各種袍子
難免有過跳蚤
我們只得烘乾
懸掛
好像有過一面旗幟
更為溫柔的方向
走過，即使那是虛幻的

偶爾可以說謊
埋掉脆弱
修補盼望的光線

我們在虛線中道別
各種隱匿的剪影
說出年少
發想的陰謀。
你們火藥 我們火柴

城市涼拌辛辣的火光
招喚過往
在各自的房間裡
沾染朝露

與你擦肩

記憶在雨後溢了出來
與你擦肩
在一個溫暖的城市
綠的溫室，植物與植物間
踏過的步道。呼吸過
風的氣味

深處彷彿見過你
在一些零碎的場合
我們坐著
隔了幾個位子

拉雜向虛無傾訴
透明的眼神。
透過記憶和潛意識
開始建立你部分的影子

你的瘀傷
你的名字
以及或許有人提到過
我曾經的科系
與你相同。我們面面相覷
維繫一種陌生

而最美好的方式
共同圍繞一顆易碎的宇宙

我們擦肩
在一些融化的片段
對著樹和廣場
讓語言黏稠潮濕
大雨後密布的焦糖
享有半片
不太多的窗戶

時間的歧路
我將挖空，而廢棄的
海馬體不斷剝逝
陳舊、善良的隕石
如此錯失一道光
願望失墜
一切是輕也是重

我們曾擦肩
擁有各自的沉默、善意
在揮別以前

鏽蝕的城發出
血腥的鐵味
我們都不忍回頭

又到了大雨的季節
模稜的記憶
從人孔蓋漫出……
人人人人人人
人人人人人人
我曾擦肩

輯二

碎念後荒蕪

屬於藍色的話題

做為一個話題的我們是藍色的

整理關於憂鬱的想像
藍。或者更遠的
宛如紗朦朧所有知覺
是從何開始憂鬱的呢你問
曠野沉默了
只聽到火的律動聲
沒有人回答。

語言都潛伏著，深怕一個錯字
驚擾任何一切
夜晚溫和地溶解
成為原野。心中
不斷被拓荒的時間
願望是密語
流放後再也沒有人能辨識

於是，我們傾聽
各自在原野裡的荒涼
彩蝶貪婪地吸吮著

螢火蟲的光
也許是營地遺留的火種
上一個或
更久以前的探險者
踱步
裁剪睡意。將一部分枕入呼吸

或許只有風聲能聽見
或許願望是可溶的
我們的視線像夢一樣

適合祈禱

不即時求得的希望，那麼

黎明唱起了歌

藍色的正如我們一樣

繼續討論良善

我想良善是一種質地
木質、適合用腳尖奔跑的
或是陽光溫暖貓的腳踝
棲身於夢的盒子那樣
酣睡的形狀。
側坐在會議桌上的
B小姐說：良善難以標準
諸如道德、砝碼
局部肥胖的戀人那樣
無法被同一種尺度
限制。

每個人都有心中的良善，
沒有標準
能讓我們共同悲傷
一個消失的文明
也就如此像愛情一樣
晾乾後收拾。冷靜的N先生說
「美好的我們就像是浪潮。」
酒醉的L說，尚未進入主題的他
搖晃著空瓶。他認為的潛望鏡
將所有人的面容印在褐色的玻璃瓶
旋轉

L用迷茫的注視
像海，遼闊沒有邊緣的藍色調。夾雜陰暗

肥胖的A先生舉起手建議把空調打開
雖然他夜晚時常夢見
溶解。B小姐說
良善是呈現一種規矩
捷運不能飲食
排隊、手扶梯朝右
滯留空位。安插在
樞紐裡由我們
由他們成為機械的一部分。

虔誠的M說
良善。（十字畫於胸口）閉上眼
神祕彷彿往那裏傾斜

我們看著M
像某種靜謐的光。跌進（除了沉迷海洋
幻覺的L張開手
呼喊著，
拍打風帆般激昂）
N說，此時我們都覺得良善
起碼我們良善地足以
討論良善。

失去那陣痛的語言

關於拔牙

空的一種，等待填補或移除的

空間

散場的

相遇也是離別。

我們第一次的見面，只能有悲劇

擦肩而過的時候

總不敢提起名字

幾乎是詛咒，卻遠遠不到明天

偶爾是我們的流浪
乳名的時間過了
就只得脫落
某顆安靜，過於安靜的子彈
落在時間的。我們從一開始就知道
類近於耕種
只是毫無結果的悲傷
善於說話的我們
對喉音的混濁
輕易就陌生起來……
只需咬合將傷口

縫上在語言前
便燒成舍利
痛的一種，也是鵝黃色的光

「親愛的智慧，
妳也逐漸離我遠去。」

考古我們的記憶

：停在時間前

奇異的幻想難以置入
壁畫內消瘦的圖像
甲骨巫蠱輕易迷失
解釋的方向
而你沒有記憶
塗抹的色塊都像是
失智症呢喃
崩塌夢與現實的牆垣
安靜地毀壞如貓

踩踏夜裡淤積的紫色漩渦
星雲最軟嫩的瞳孔
而你模擬那些鑿過的疤痕
假想毫不憂傷的橋段
季節與朵朵盛開的紫羅蘭。

：時間後停在

退去的
我們正在梳理
群象的慌張

如那些壁畫的形成
精於流傳也善於
遺忘，無法追溯最初
是誰選擇時間
在這裡誕生或
死去。能有多少星
不知剪裁傳遞
幾萬光年以外的
光，奔跑時衰老
而你永不會認得
在夜裡遺留的足跡多麼像是
書寫失敗的象形體

花樣年華

一切都在隔壁
關於屏息與嘆息
都捉摸自己的邊界
還是不想去知道
但知道始終是過近的話題
卻那麼遠了

只好穿越一場雨
濕潤的面具和青春
我們揀拾回自己的影子
在不透光的紙前

暗示自己的憂鬱

是多麼緩慢的

像是城市

點燃的菸灰

知道我們成為霧

帶點綠

工業的氣息

讓還不夠柔軟的打印機

模擬你我的遲疑

舊毛衣突然想起溫暖

口袋躲著祕密

生鏽的時間

片段的光輝

都這樣開始轉身

一切都在隔壁

灰色的臨摹

阿飛

我們體內都有個阿飛

翅膀的幻肢症
偶爾會疼，雖然是空虛的
沖散的平流層
呼吸也是痛的
只得這樣
往一個方向墜落或說是飛
沒有重力
才感覺重力
愛也是

所以我們擦身，摩擦彼此的血肉
直到出血成為影子

愛過的那些
抱歉
沒有遺忘
任何，只是意識已是張
過期票根
窄小的窗子妒忌離群者的冒險
追索一道裂痕的開端

關於玻璃，
無菌光滑來不及滋生什麼

直到一個下午，成為石頭
歉意累積成雨水
阿飛，沒有降落過
只在適當的時機被遺忘。

夜間面具首部

G，也許我從未瞭解妳。

1.

跪下的冷意
對著城市還有太多禱告
善意在閣樓間
游擊的風
捲起
晦暗的塵如同記述
所有交錯都像時間無情
碰撞不發出聲音比

玻璃還輕的口吻
合十。尚未將自我
捨棄在清晨
任何一種散落的信仰
那人沾上太多
黏稠的註解在I
背後「未乾」

2.

除去精卵的輕碰，那日
才真正從鏡中看見

自己不過是時間的玩物
幼童時信賴的成長
揮舞斑駁的刀
切割早已血肉模糊的面目
I 再也想不起來
自己是如何困鎖
在閣樓裡終日
閃爍抽動如老舊
電視頻道不時發出溫意
而無法充實什麼
冰箱的窗戶
漏出冬季的世紀

3.

其實很安靜，沒有經過儀式
I 不知道該跟誰說
他不再是他不是他又是誰
這命題似乎回到上課時
灰塵在哲學教授面前
都停滯的時空
果凍色，發甜的嗅覺
來自前面座位的
長髮有河划過

滑過那樣的午後
流金沒有刻度
鑿痕冷硬地結痂，不痛
投影在對街燈泡裡的
活像個巨人
橫渡這個窄小的國度

4.

他們將只看見
所有的遊魂
都聚集在這裡

或者更多的表情
喧嘩都無情的激射
如滾沸的金屬
在邊緣變形或重組
I只看見自己
衝撞
光，輾平路面坑疤
順著臉孔的顏料
緩緩陷落
而塔始終高掛
前人的旗幟

飄揚著從未看見

看見的遠方，供奉著各種

愛的標題

5.

I 成為部分的教堂

抹滅來時的

海洋和藻類

基石是從這裡開始的

引用他的話也許

使他的樣貌終於被遺忘

像G沒人知道
你是如何創造
或者毀滅喜悅
早就被預測
如死囚肩上的號碼

6.

G，也許我從未瞭解妳。
消瘦的I 在床上
蒼白如月轉遞的瞬間
冷而且渴

那我唯一的愛人，他說。
除去馬房的青春
我們都是一樣孤獨的
消瘦的I 沒有躺在床上
只是撫摸那缺乏的暖意
另一種質量的光
也許存在
夜間的臉孔之下。似乎
有雪

暗室練習之一

當夢境從呼吸漸漸
下沉意識也隨之
下沉，願望丟失在漸層的
迷宮邊緣。童年剩餘的部分
在睡眠中才被提醒
我們的少年
從未真正開始過
也從未脫離黑

黑是誕生或在那之前
所有嬰孩都接近

宇宙在出生前

光還在晦暗的遠方

爬行

每一步都日漸

熟成，便是不斷地擴張

騰出空位

讓你或者其他坐下

變成星座。總有人記載

好像那些日記

放著就被時間書寫

泛黃的情詩，多種淤血的浪漫

練習這不透光的暗室
回顧著燃燒的火光

必須找個暗示
在一個時代裡
不被輕易查覺的
黑難以被捉摸或
恨。石壁上憂鬱的痕跡
蔓延成困索的
藤蔓，只有黑知道
世界的源頭是在一場睡眠中顛覆

懺悔錄

0.

昨日以前的血跡
乾了以後如壁紙
不安鬆脫，有蝶的氣味
牆角始終無法熨平
溫度過冷的陰暗
只適合發霉，看你
走進碗中捧起的
潔白的寬容的良善的
雪都漸融，至少

今晚外頭銀色的射線
使我們逃過一劫

1.

突然你像座教堂
隱忍著向你禱告
所有身上的罪都在爬行
復活成野獸他們吞噬
咀嚼骸骨間瘦弱的
夢境，一度那樣發福過的
瞳孔只得冷靜

如銅像冰冷不曾滴下
淚。喉間的水氣
不斷湧起泡沫稀釋
內在的巫蠱，而你
始終肅穆站在那
或坐著等候我的崩解

2.

遺留的經典記載來時的道路
金色的汗液不醉的夜色
爬坡的風流逝時間的荒謬

而勞動的疲倦終究
無法跨越海洋的波紋
你的離去，眾人只埋頭解釋
那孤獨的背影
穿梭於離散的場合
像一只不和諧
音符。或者最為迴盪的
旋律敲擊內心
挪動的宇宙
收縮又膨脹。膨脹又收縮

3.

宇宙

以外的辯論

科學站在神的肩膀

探索憂鬱的傳說

或者編造自己的謊言

而每個仰望

都登上細小的窺望鏡

試圖探視真理。

或者從來我們只負責

誕生於星座
記載「這一天出生
的人非常清楚什麼是
權力，以及權力
如何在社會上
運作。」
聽見機械的聲音
磨蝕或者某種開關
而我們終將成為死囚或一枚
劇痛的子彈。

4.

悲觀的你就這麼走了
餘留一些
發燙的足跡
瞬息間充溢光
蒸發的意識託付給
迴路自動的程式
冰冷的計算，所有
度量的記號也許會參悟
祕密擺脫內臟

肉體潰敗的瘡口
膿液和毒。衰亡的豔黃
你說：「神父有時
必須背叛道德維護神的正義
而世界一半要他一半不要」

5.

寂靜的空間裡
溫熱的秋天還未退去
那面鏡的。你叫我遺忘
空白所以安然

歷史存檔如同化石
最好誰也不要去翻閱
那龍種的哀鳴，咬痕
都不可複製的敘述
只得假想在巨大的荒謬之下
是否感受到孤獨
正在一步一步陷落
進化論的顛峰或巨大的凹槽

6.

我們都脫胎無關輪迴
無關神。或者細微的修正

命題事項的角落
埋葬屬於自己的頭骨
無形地堆疊虛構
虛構的塔，供奉灰塵
夜間的面貌化作一種圖騰
隨時可撕的貼紙
烙印也沉默著我們
扮演金屬等待融解
錘鍊，而本質
不過就是容器本身
你捧起了碗，渙散的暖意
四散在你的窗前

7.

你或許能夠明白
戰意瓦解之後的疲乏
沾滿血跡的理想
時刻感到失衡
或絕望。空白的少年時期
不斷被提起
發亮而沒有任何折射
同伴在泥漿中一一
別離夕陽，總有人當鬼

奔跑在街道上叫喚一些人的
名字，那不再被提起

8.

最好我們都忘記自己是誰
而原來是誰也將不重要
如今我也可以扮演你
在你離去之前：所有
覆蓋臉上的妝
白色和那些混濁以外的
掩蓋我的懺悔和匱乏

坑疤和那些圖騰以外的
掩蓋我的身世和你
那些淚漬偶爾潮濕起來
河道的幻音充斥在耳膜
種植各種色塊
我從不像你，但你
彷彿從一開始就不曾出現。

拓荒

不過就是纏繞在蛛網的垂死
任何牽動都不可言喻
最好就此閉上眼睛，突然
世界因此而膨脹
擴張。在你站著不動的時候宛如荒原

四周的景象依舊
還在
視野的邊陲
種滿荊棘，而毫不疼痛的編織
例如夢境也是

其中一種毛衣在冬季裡
我們包裹在刺痛的
繭。等待

記得也許曾等待
宛如睡眠
等待黎明發亮
微涼的哀傷，細數還未醒來的夜
黏稠成時間的姿態
往外依舊
開拓那些未知的

一如光線
逐漸揭開，揭開這城市

每個角落都逐漸清晰
或者消逝
歸結給冬季遲到的冷意
站著
捲進預先的陷阱
（你）像是尚未
明白的未來

離開的一種日常

盛夏正要開始的倦怠
遠方如此逼近
等待站牌的我們踢著空罐
用腳尖虛擲光線

懷著羞澀
雖然不若當初
但仍可以提領一點
含羞的形體
包裹微小的心事
像夜晚騷動的殼從縫隙中

定位星座。
偏好沒有命名的
在想像中佔領

我們知道
即將燒盡的顏色
像一同飼養過
老貓漸弱的鼾聲
整夜整日的昏睡
著迷頹廢，此時是必要做的

脆弱再也無法
那麼筆直地凹陷

你成為平整的主題
靜靜對峙青春的並列
將持續前進
混雜過多的片刻
即使練習過數百次，在夢裡
我們依舊揮空
剩下陽光多麼刺眼

依舊如昔，如那些
什麼還存在的時候
無法確認過的存在
接近吻，那隱微
又生動的幻滅
稀薄的對白
「過輕，我知道。」
緩慢眨眼的死亡
依附於城市的斷代

即將成為日常
訂閱腳步無聲的追蹤
暴雨中閃爍
其實歉疚，但憋著不說
才能一直記憶揮舞的模樣
廣場種下靜坐
布條在窗外
滾動並感受荒涼
這世界還在練習各種擁抱的姿勢
而我們卻收藏過。

而不斷前進的等候

在樹林尋找一棵樹
記得他的樣子，
記得如何
萌發枝節
年輪一層層
與季節共同死去
未果的花。知道季節
每過一次就接近一次死

在樹林裡死亡僅僅是
回到種子

回到前世蟄伏的時期
剩下聽覺
黑的片狀。記得
光的源頭是從漆黑
抖落地層層悲傷的那溫柔

你在樹林裡
宛如一場霧
迷幻所有
歧路的終點
跌撞不安

產生一些震動的喉音

我如何假裝不聽見

在沒有樹的林子裡

看見一片沙漠

黃沙翻騰

扭曲的巨蛇，或者

承襲自龍的變體

隨著風隨著

情詩遺漏的字體

空白處的荒涼

在樹林裡尋找

（荒漠的我
等待一場雨）
樹的蹤跡，沒有腳印
他們移動用呼吸
（呼吸製造光。滲透
而從體內不斷折射）

你在樹林裡
鮮紅卻屬於任何一個季節
我也是一部分的死亡
盼望重生

（在林裡沒有
真正的死亡
靈魂的記憶都被節錄……）
廢棄的遺址都離海洋太遠
沒有漂流的潮
但是我們不會洩漏我們的悲傷
我在　你在
樹林裡尋覓　荒漠裡等候
流散的夢境拼湊的時刻

撫摸凶獸

陰
最難辨識的天象
混沌未開
天地都是側躺的跡象
關於，上古神話和外星
都像是同一種變體
著迷你的眼睛
石化與所有八字輕
睡眠與夢境都捲起一條蛇
那些正待吞噬的

預防吞噬的

種種對峙。下一個前世

陽

健身房

喉結的決鬥。太陽

紫外線都被阻擋在外

只有火是我們遺傳

接近煉丹，腹式呼吸

容器八寶

玲瓏和游泳。一直這樣過去

隨著紋路展現
提領出來的雕塑
雖然沒有胸膛是永遠
不敗的

洞

暗室的形狀

通關

密語

以針或更為尖銳的敏感

落下種籽

成長是虛弱的聲響

啃食

擴張

宇宙虛胖

窺視隔壁眼皮底層的暗

房間將蒸發夜燈

褪色獲得救贖

纏繞的束腹

贅肉和乳房

一一解開

臍

鑰匙

情慾交接

向外或向內

依稀總是依稀

接近蛻

蟬聲忘記帶走的

死

丘

埋葬的季節
種植剩餘的部分，那些無法被咀嚼的根
在山丘那邊，像是一個個
被剃度的沙彌
好像有什麼值得隕落
在大氣層摩擦
燃燒，某顆脫離的寂寞
栽入砵裡。前世的
驀然是數不完的蚊
夏季時滋長
寂寞和血都是同緣

反面就是承載

一朵就開在牆上，鮮豔的別離

而身上的丘是所有

撩抓就會

刺痛的合掌

輯三

那些熟悉過的地方

考古一條街巷

閒散的黑狗是
唯一的擺置移動、繁殖
取代那些剝落的廣告
銹蝕的霓光
足跡難以察覺
僅能從路線的凹陷
辨別河流以及路人習慣性靠右
早已絕版的飲料杯
在路邊盛著雨水等候
在它澈底腐化以前
起碼還有一萬年

還不到那時間

城市就會先超載

如同這裡

也曾是過去的翻新

依附過的旅人

來來去去

成為印象中的流感

遺忘的時候

推土機正好前來

解放成為另一個轉角的部分

藍色的領帶

搖搖晃晃

唱著嘟噥的歌

在消失以前看見

在廢墟佇立的時尚都市少女。

缺席

這裡，我已經唸了數次
數次屬於
邀請者的名單細項
回音招來魂魄
每個都像是你的詩人
坐下唸著他們
自己的時代如起伏的壁癌
易脆而蒼白

座位是空的
短句仍然過長

名字在音節處
起了毛球意識到
季節的變化比想像中輕易

而冷屬於時間
窗外還未有人
走過的溫熱
與影子共享些微的光
今晚還是缺席
時間卻錄進
低啞的風聲和月亮誤闖後

細微的波紋細微而不可辨識
像你婉拒我的口吻

雨季來臨以前的私密

同住一支傘的室友
在乾燥的那邊
開始寫詩
在夢境的我才剛剛醒來
聽見他和貓低聲說
不要和他說
於是我只好裝睡
側身回到溫熱的坑

（後來都沒提到
生活裡日漸

滾落的
狀態。滾落的
生活日漸
感到夏季的徒步）

雨季之前
過於悶熱的
烤。均勻地
把知覺攤平，浮起壁癌
任何一種脆弱

都在得以透露，而我們
赤裸上半身不發一語

他喜好光
用兩盞檯燈
模擬一顆太陽，在夜
期望夏季也敏銳
跟上腳步。
我始終沒有說出祕密
躲到另一個角落
寫著自己

你是個歷史主義者

你識別所有支流。源頭
沖刷下來的歷史
濕潤
像是前世，
被託付的理由在今生中
復活。想起一個預言
「我們不過是過去，堆積起來的沙
沉默如擺鐘。」歲月是延續
另一個歲月長久以來
支付的睡眠
你甦醒的觸覺

試圖打撈迷失在歲月裡
世代的故人，也許
是句發黑的誓言
對著戀人無期的憂鬱
過藍的遠方是勢必沉迷的

你走來。如所有車輪都該
輾壓悲劇的發生
在沒有臉孔的路徑
指標長滿燈號。只被你
記得而歌頌

凌亂的抄寫，生長的枝芽
而什麼都無法去補抓的蛛網
宛如我站在那
想不起另一個永恆
你說：「世界總有一種
脈絡承襲自歷史，而所有的
星都歸於同個母親。」
如光長出色澤，斑爛併發症的感染
記得紅被長出來
地表都安靜
或喧嘩的無聲。只有在一頁翻閱的歷史

你的眼球穿透
過去—還有更深的未來，
覆蓋於下的我
你虛擬的指著
我裂開的面具
底下藏著歷史的搏動。我逃亡
像被壓縮的影子
竄逃。並不斷搖頭
搖頭搖頭搖頭
搖頭搖頭……

（零件掉了出來
舞蹈著
鬆脫的情節。按頁
索引。）

你翻了一頁，我還在上
一頁。還沒讀完投射在心室的房間
地下室始終滲水，漆黑
難解的符碼
計算無效的失敗。諸如
不可信仰的

說詞：「不是愛而是
更抽象的重量，落入我的密室。」
沒有激起
水花。而結構已然變質。
如夢在醒來時
就顛覆

你的河流在密室間
擁抱自己。像一個泵
運輸到
角落，和逐漸掠過的睡意

疲憊的我將自己切片
說明心電圖的顫抖
來自存活持續地消亡。你別過頭，

你的手心交給時間，
我也預期自身的衰老
歷史過於漫長，我無法像你
窺視過去……在我睡著的剎那
你成為夢，
在蜃樓裡指引不曾濕潤的
綠洲。他們曾走過的

足跡風化成凹陷的山脈
而你，親愛的歷史主義者
終究成為歷史的一部分

我們僅有的歷史

塵封
是一個下午的事情
黃昏也是
覆蓋在夜之下的前奏
依稀是多麼美好的事情
我們記得而不太真實
諸如夢
更適當的柔軟
藏起一個詞彙的腳

在陽台邊晒著星，以及
適合被夜晚說的故事

故事是你的歷史
而你不過就是一頁草寫
尚未校稿的濕潤筆記，黑
經過手腕不斷沾粘
足印般落在走廊
接近那季節的時候都像是回音
播放。時間正值籐蔓
陰冷
不斷緩慢地延長
想起蛇的孤寂，但一切都是自願
纏繞一起的

我說所有一切都像是霧
黎明，失去睡眠的
懸浮的種種
尚未有人打擾
這一封失去逗點的信
緊握著另一個符號的我們
誰也沒有放下
留下的凹陷只好用刪節號取代
……
漫長
又短暫的波紋。渙散

裝載眼眶
被掏空的時光

你反駁，用一個指尖
或更為銳利的東西
直指心窩
歷史散落在地上
排列成海洋的形狀
任何一道光束
都無法探索最深的
底層。沈積岩

石油過去的黑都是
骸骨堆積起來的玫瑰
你說：我們來到這
都是過去所砌起的歷史，
來時的進化是從海的
遠古的第一個步伐
改變了世界的齒輪
牠會親暱的訴說
向土地說明愛

「愛是
浮動的記號、煙火
瞬間燒完的夜空
。」指著遠方的你
搖搖頭
忽明忽暗的燈光
將側臉反覆沖刷
我站在成為黃昏的姿勢
等候逼近的
時間。我們僅有的，也正在過去的

夢裡午夜混合在一起
陽台成為堤岸
遠眺著那毫無戒心的花
懸掛在末梢
那一點點重量就足以
消逝。但在那之前
安靜地
點起火焰

在夢境裡的記事

沒有開場落入一個情節
安靜地忘記夜還存在
場景很舊，寬大的教室
什麼都沒裝的下課
學生散落在離開的步調
擦拭字跡來不及記下
跨越邊界的辦法
黑板的灰積成一個雪丘
季節卻是靜止的
在窗外，我不記得窗外
只記得光被放置在

窄長的迷宮裡
來回穿梭時而眨眼
端詳我們的臉孔
還是青春的樣貌，還未
陌生如鏡子。

呼喚一些人來
討論劇本，而我仍在收拾
桌上書籍沒有被提及
作者死訊
在耳內螺旋像脫水機

濕潤逐漸甩脫
而你也在隔壁座位
把抽屜放進背帶裡
我向你靠近，
短暫興建了一個暗室
曝光很短
沒有波紋在臉頰上
我閉住氣用自由式划向
黑板前大聲
朗讀戲劇的大綱

在城市的年輪裡散步

這城市還在成長
我們走在邊緣感受心跳
透過擠壓培育的二氧
化碳。（第三人稱的執筆
在筆記本草率留下
黑色的縱線）

時間在內側的交通規則
停頓如一個季節
我讀到春。適合
萌發的意象（花綠的色彩

提前降生在更加
年輕的身軀，從未
明白過顏色因而劇毒）

城市還在成長，從貧瘠的土質
長出灰色的長廊
向外拓荒他們的足跡
每踩一步就成為
城市的紋路

有些老朽的枝幹

被製作成座椅或一杯茶

懷念過去的旅途

散漫或

刻苦一步步掘出

路線。（站立在那成為

一個一個導覽路牌

需要左

或

右。步道螺旋以上）

城市像一座
森林，至少適合迷路
包夾著死訊
和誕生都自然地
如晨間撒落的光芒
適合瞇眼。像貓
跳躍過群獸
腐食的程序，或者
一隻自由的羽翼

光合我們並組裝
體內殘餘的葉綠體
點燃
文明燃燒的煙草味
在書頁面前
學習謙卑。含羞
愛或不愛種植在乾涸
或濕潤的

像一座會呼吸的森林

小酒館

你從不喝酒
但你是一個小酒館
睡夢的邊緣
有時更加清醒
擺動唇的彈簧
笑聲和哭聲都倚靠你肩膀
於是我們的夜
都這樣靜靜地虛無
泡沫沾黏語言
濕濕等待孵化的時機

你從不喝酒
但你是個小酒館
空氣誘人輕浮
又不至於瘋狂
巧妙地平衡
城市壓抑的幽微
指引的心理學家說
那是底層，人類強烈的愛欲
最初燃燒的火光
是不是

這樣。我不確定我只知道
說了一堆垃圾

你是一個小酒館
藏於巷弄
又不至於迷宮（那些徘徊的入口）
距離商店街三十分鐘路程
如隔壁的私語
嗡然，
模糊而不堪寂寞的安全感

我們都沒有喝醉
只是如夢前的迂迴
默然地呼嚕起來
牆壁都癱軟了，浮起
花紋的壁紙
跟不上色調的流行
任性地發霉
我們靠著像靠在吧台
安靜一點就足以
吐露所有的雨

幻想你去蹓狗

平底鍋剛被煎起的早晨
沿著溫熱的橘醬
透過窗有著香甜的氣味
帶著我們養的那隻狗
多次取名字而健忘
但從來都沒有失竊
默默跟隨影子
唾液滴在地板形成很淺的湖泊
你走過的岸，牠都不曾吠叫
會有一個或數個
路人向你問好，也許

脫帽禮貌的像是種階梯
邊緣的不繡鋼。
而你僅僅點頭回應迷宮
沿途雜草叢生落葉旋轉火
而牠時而超前
如輕壓反彈的彈簧
無意識地跳躍。但你知道
那些潮浪也是如此回音
在耳邊穿越偷懶
而無法相擁的季節。

帶一顆白菜去旅行

把影子放大
成為另一個自己
安靜溫順從不說謊
我們擁有
輸入養料的管線
自己光合作用
或者陰暗如一朵菌類
拖行城市
最為輕的部分，
沒有管線金屬和電子訊號
沒有熱氣屎尿和複雜的遊戲

沒有握手換手以及應得的所有技術
成長比任何愛都來的翠綠
沒有絕對
界線，植物或動物
或默然的存在
呼吸或者也是種想像
靈魂的託付。你
與我漂流
在任何一個人腐爛前
城市中的我們
盆栽著
屬於自己悲傷的記號

我們與漢堡一起吞食

進入螺旋
脂肪和肌肉在金屬裡
黏稠成為基礎
所有漢堡都是肉的血脈
煎和烤或者其他
粉紅的顏色逐漸硬脆

我們用手心掌握
像握住自己的慾望
溫熱而潮濕的
不時誘動著

它坦誠的暴露
番茄心室
分區藏匿成熟的子句

以生菜包覆稚嫩的青春
還爽脆的本質，諸如
春剛剛發芽的時候
起司是祭祀
聖牛的乳
在匍匐中獲得骨骼
汁液泛著印度河的光澤

雖然那些神話
已在窄小的牧場裡
複製。

複製：
生產線
保持類近的味道，一如初次
經歷童年的廚房
在混雜中得到祝福
傾心的，簡單的油膩
都這樣夾心

於是讓我們暫時忘卻
膽固醇、負擔
歷史或是抽屜的帳單
讓我們沉溺於
這多汁濃厚的瞬間
宛如宇宙
輕輕熟成的爆裂

安息

運轉夜燈將亮起一片濱海
海濱的城費神地生產
產生狼藉的餐盤。
拼貼紫色晚宴的華服
垂吊著蜘蛛
某種較弱的肉食者
只得在夢裡嘗試狩獵
總有人撫摸記憶
鏽斑延長至手心。成為
漩渦。圍起遠方
即使那麼近，也開始失焦

粉狀的天空
夏天的雪從不真的濕潤
我們呼吸最後突變
成為新的抒情
你說：「一起變成瘋子也
蠻詩意的啊。」周圍漸漸
融化融化融化
如同衰變的燃料
發出滴滴的光

金色嘉年華

因為我們都將開始虛弱
結束以及起程的
消耗……
金色那旋轉的風
接近火
燃燒不著痕跡的時間

分散重量的四肢
掛在車廂內一去不返
狂歡太近
燃燒的回音，滲透著

牆壁每一個骨頭
極端的刻痕
是最為安靜的嘉年華

擺置悠閒與錯失的優雅
從背部掀開
一隻慌亂的獸，必須
絨毛粉淺眠
害怕刺眼的顏色

關於金色的嘉年華
我們都經歷過
盡力過
避免自己被染成羽毛
張揚地插在透明的面具上

輯四

觀看被觀看

栽花者

運轉重新抄寫的星系
停留於玻璃罩裡
多麼致命的呼吸　自溺氧氣
賴以生存的侵蝕
記憶是夢的觸根接續幻想中的四季
沒有界線，反覆回到糖造的陽光
一片蜜撒入潮濕的黑土
默然的顏色
圓熟的臉
失去五官的碗
花是你的身體

嬌蕊　蠟的中心

舞蹈風的波紋，但唯一的慾望是潮浪

粉末的邊境

遮蔽我們的唇齒

漫天金粉

所有的動作都必須很輕

嘆息避免凝結成石　直抵消散的咒術

你朗讀神話的追擊

外頭的子彈

沒有鍍銀　歲月長滿獠牙

嚙咬靈魂的寄放處

肉身是個行李

隨意搬動　隨意擺置

身上的結鬱漆黑木質化的悲傷

而你點亮薔薇色的火把

燒煉了新的輪迴

愛憐者

把傷口栽種在自己身上
回來的時刻看著
填滿窄小的腔室
所有內臟都擠在那
一顆圓小的胎記開始訴說
脫殼一般的肉身
從荒蕪醒來，但疼痛是從前世遺傳
離我們太遠
像些莫名的野草叢生
阻斷艷紅的養料
於是蒼白

是你唯一的面具，失去血色
在夜間螢光　是雪的
但居住的城市未曾下雪
未曾掩蓋暴露的傷口
翻攪給私密的人看
烹煮過的番茄色品嘗
布置好餐具，一面摘下熟成的傷口
貼在瓷盤邊
裝飾
某種夕陽的末日或是
某種燭火的灰燼
而成長的瞬間，只是短暫一格

漫遊者

介於字和字
挨著前一個人，公車手環
必須搖晃一扇窗

維持軌道
偶然過於偶然　問候也是
腳踝畫了一圈圓規
我的位置是這樣
被確立的
安然是佈置的
寫入記事本，然後變成一個

石頭或驢子拖行過遺忘
然後填充少數離我們過近的時代
只屬於我們
那樣冷調性附著玻璃

介於時間
未曾變老，也讓自己那樣不老
但終將會老的
只是在那之前盡可能
散亂地移動 發散
觸及每個液面的巨大張力

辯護者

有第二條舌頭
像蛇
沾滿毒液
且無性繁殖，建立自己的伴侶
與自己的影子相擁毫不寂寞
那些字跡都從血流出
呼喊：「我們是自己的辯護者」
謹守著自己的教條
捍衛關於文字的牢籠，今夜
我們守在長滿青苔的夜燈抄寫
日記寫著無法辨識的夢境

（抹掉

又再次詆毀

熟睡的容顏

發甜的

鼾息，神祕的體溫將其填充

必須又追擊著

雷擊的字眼

荒野中奔跑雷雨的零落

然後再次抹掉

因無法形容

身體的窗都張開

漆黑卻充溢視覺

世界難以入夢

只好暈眩在你的……）

抹掉言詞

叫住，你的名字

不能辯解只有辯護

用語言修復符號的安裝

所有的缺漏

都成為一條直指

荊棘或任何可被愛戀的言說

隔壁抒情的局部

他的日記提到很多
暗號走進任何窗裡
透視著天氣泛起烏雲
霧和薄膜的陽光
暖意充滿生育的情節
而我似乎只在意那些角色
在下一行的記載中
遠去的痕跡，突然意識到
沒有劇本可以說明
跳躍的舞蹈
慌張且沒有根據，她踢倒了色塊

沾染他的眼球，或者
更深的視覺

所有思念都具現
美好的幻覺諸如摩擦
夢境前手勢的騷動
學會獨處在隔壁
練習一種語言發聲
發酵的春季還在
咀嚼。齲齒時而疼痛
發麻，如喝了過多的咖啡因

但他毫不在意幽微
暴露的情緒鮮明往路徑指去
只有角色逐漸消失
像在岸上被沖刷的岩塊

誓言適合被提起
零散的離別和流星
都充滿焦意，而他從未提起
鍾愛的女孩留著
怎樣的髮型，語調和
如何的性格。總之

他製造霧氣，如黎明
錯亂的折射繞射
散射時間如長滿藻類的小河
試著蜿蜒並軟化所有解答
對於陣雨
是如何表達愛意
恨意毫不銳利的逃亡
疲於發怒的世界還是一樣
而他仍在隔壁
持續日記著情歌
飽滿的如溫室裡發漲的玫瑰。

三人行

有時是找不到老師的
黑板上長滿白色的霉
字跡遺忘成塗鴉
沒有任何的指示
雨季就要來了，你說
靴子鋪排在入口處
尚未沾染淤泥
腳步還在變遠，陰影瘦得寂寞
而我們都沒有餘力
回頭像是學生

在發燙的空地上
宣示以後不會再犯的誓言

有時我們誰都想當學生
革命的種子太遲發芽
不時戳動著淤積的憂傷
即便那是虛無的
像是我們曾幻想過老
如冬季踏實地枯萎
在發冷的被窩

有很多很多的春天被讀起
壁爐上放著一本未寫完的日記

課堂的我們臆測會不會
這一題，總有人會開口詢問
總有人不吝嗇把小抄
拋擲過來
落水的姿勢往四周溢開
泡沫，回音很深
於是背對著門聽見片刻的無聲
也是。有時

她有著蜂巢的口腔

我記得那種螺旋
令人迷惑宛如
街道的轉置
十字路口的傾斜
人們落入連續的節奏
並保持距離的獨舞
時而交錯如變換隊形
指令一朵遙遠的花
正在萌芽春天
而那些甜誘惑著

發燙如遠古

戰意的鳴鼓，轟擊

顫抖的唇禱唸神明

他們的影子燃燒

冒出儀式的煙霧

尋求真理的我來到這堵牆前

刻下，隨即就被雨滴侵蝕

磨去反覆舞蹈的練習

脫離蜂群的我

不知道能不能夠跳起

再跳起，那樣青春
並且無畏的忠誠

盤旋今晚的雨季，或者雷霆
在大批蜂群出沒以前
回到憂鬱的腔室
幻想一種蜜意
毫無人工香料的罐裝
而櫥櫃能有那麼一點陽光
從未被發現

聽說你也寫詩

很巧，你也寫詩
如同巧遇街道
襯衫的色塊互撞。喔這種品味
必然讀過一些過期刊物
或許還能想起某頁印刷過
冷和灰的組合
或者艷如鋪排的晚宴
經常默背準則
面對倒映自己的衣櫥
黑色的部分總鑲嵌得深處
始終都不退流行

而我們都戴著面具

像一首詩的轉折、謎語

十字路口前停下

耳背的迷宮，有時不那麼遵守紅燈

世界從腳底開始奔跑。據說

你也對著城市自言自語

建立自己的教義

模擬神或幽靈降臨時

火光如何激濺

也有瀰漫於醉意的，腳步踩進夢

另一隻懸掛在車廂上

聽著鐵軌經常失常的夢話
旅途勢必都經過
有人詢問站牌的指標
或者終點和剪票的櫥窗
張開一枚枚愛亮不亮的燈泡
夜有時過遠有時過近
幸好你寫詩
時而借我度過
靈感停產的場合

小裁縫的檔案

白天的小裁縫
對衣服針織的縫隙
光線和捕捉
他是那樣記得
每一顆鈕扣縫線的位置
諸如被安置的場所
皮革的氣息
但他依舊穿著那件舊衣
一針一線
上一個小裁縫
留給他的。關於記憶

「如果你忽然想起，
就穿在身上。」瞇著眼睛

隱喻是線頭
偵探的腳印
在自己的棋盤裡
下著明天。預計有場雨
將要發生
他縫著過冬的衣物
雖然剩下的夏季
還沒消退。

小裁縫哼著歌
鼻腔共鳴的情調
花紋就這樣發生了

他努力縫著
縫著傷口 口瘡
縫著窗但留下光
縫著悲傷縫著時間
重新獲得被遺忘的機會
但他依舊穿著
那件舊衣

替所有鈕扣找到
他們的心能夠
切合的位置

那些敏感的金屬
那些樸素的木頭
那些流行的塑膠
小裁縫啵啵啵
從手中長出
美麗的結
蝴蝶，一種破蛹的凝結

安靜地等待
生命。他知道

總有那樣一個小裁縫在街角
唱著屬於自己的歌
從布會聽見風
從針會聽見雨
從鈕扣會聽見自己的肌膚

夜裡的小裁縫
努力想著夢想中的樣式

他必須那樣
喚起最精美的刀刃

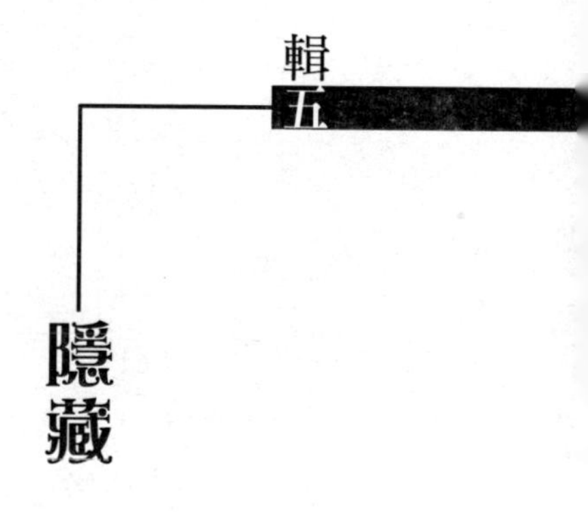

輯五

隱藏

沒有適恰的題目

用適合的方式去說
解釋或解剖
一個體內的剩餘
並不知道怎樣才足夠道德
秤量，我說我們的大多個
斷句
因為沒有足以
適當的語氣
說。愛不管那是什麼
例如神
也是

沒有人具體見過，在過高的天空上
看見沉穩的雷聲
也沒有人看見過
我的體內存在著靈魂
也許都是我們過多的夢境
那一些些溢流出來
像是霧氣停留在
玻璃窗戶的透明，輕輕
呼喚
所有可能發生的黑必須向你告別
那些語言不斷鬆落

有如洗刷後山壁的脊骨
赤裸而危險
瘀傷的爛泥腐朽
落葉不是孵育任何一切的養料
花朵也不是
唯一應該是紅色的事物

安靜數日

最近安靜
沒有接近死亡的那種，一切
依舊默默運行
相片泛黃的那種速度
聲響是灰塵
落下後的靜默
某些屑從頭皮
竄出。熟悉的洗髮精
擠壓的空氣聲
那種安靜

一種閱讀
在指尖，翻閱
從邊緣感受紙張也能銳利
如廚房的刀具
烹調過後
放在靠窗的架子上
讓陽光靜靜地曬著油漬
而不是
黑夜的靜寂
使低語和複雜的夢囈
勾引星座變造失眠的誘因

安靜好比昨日
或者更綿長以前

悄聲向對方說聲
沒關係。
那擦拭玻璃，發出的
漸漸糊去的輕聲
寂寞在兩側也安靜地孳生
不帶著潮濕

前記憶

放置不用太久
就變得
難以記憶的
斷裂。某一個掩埋
成為土堆的瞳孔
無法寄託在你我的眼裡
再也無法重複昨日
盡力封存的部分成為罐頭
時間對她諷刺，不見光的所有隱喻
誤解是僅存的釉色
還華麗著黃昏

接近午夜不再精確的，說出來以後
都無關，無關永恆
歧異也許寄望交叉於埋伏的
種種意志偷窺於文字
串聯變成真實
部分的集體的不出乎意料的
安插進環節
多麼想要知道某些命定的時刻
預兆和突變
選擇藍或者其他披掛在身上
向與春天類似的致命

奔跑，並不斷混合靈魂和肉體

時而超越，凸起的雷電

淋雨以後的面容

被最後的水漬提問

滲透或被滲透

兩者哪一個比較不寂寞

致假使有90%尚未使用的自己

自己還有被解密的空間
還有成長能以一條筆直的方式
穿越記憶最深最初的
靈光。操持
每個細胞
布置適合的體型
再也沒有毒害
不能被歸類在適當的抽屜
標籤是這樣訂製的
左腦或右腦
已成為一種回頭就

拋下的頓悟
謊言的器官終於退化
沉默修復殘餘的
語言機制。如果能有剩餘的
將面對難題
會成為知識的一種
或沒有蹤跡的光影

十分之九的你
是一個昏暗的房間
偶然提醒著我們
倒譯

馬戲團與悲劇。也許暗示
神蹟是遺留在
體內的橋梁
但悲傷是
珍貴的註腳
只有十分之一的我
足以擁有。在那扇門後的
你大概是孤獨著
忘記自己有多麼孤獨
我們只像是一朵花那樣
暗示著宇宙，雖然你從來不說
而我猜了太多

模範

我們舉手投票
選出我們自己的模範
那種合適的乖巧
寫上名字
在黑板上必然優雅
念起來帶著溫度

不用宣示
不用檢驗
一頂方正的帽子
就鑲嵌合照中央

笑容V型卻不記得
當天穿的鞋
遺失在哪個成長片刻

但我們舉手
總是舉手
如雨後
不斷生長的向日葵
總是知道光的
傾向
那巨大的視線，終於將我們包覆
在輪廓的模糊中尋找

善良的劊子手

一列煙火
沒有一顆子彈
飛了起來。他是當中
最為善良的
如果有天使
必然也是那樣孳生的

左側過於冷漠
右側過於激昂
他總挺直腰桿，上膛

聽金屬的撞針砥礪自己的靈魂
但他從未真正開出一槍

在他的所見範圍
沒有血沒有汗
留在牆上是狹窄的窗口
從不好奇從不使迷惑
纏繞自己。他射完
最後一發子彈就離開

像是昨天也像是明天。

馴服於

衰弱與狂熱並存
變形的顏色依附你我
鑲嵌項圈
委婉的末日如此溫柔地告解
黃昏鍍上一艘船
我們是被遺留下的
過敏的城牆
以病句複製鏽蝕
不甘於言說的慣習
替代本能的騷動
我想，僅僅是

蒲公英的流浪如雨
拆解沒有根的自己

耳環的聚會

螺殼遺失的海潮聲
發甜後就成謎
虛構一條軌跡銜接童話
銀與契約雪亮著耳
熟記聽過的鈴
呼喚濕黏的靈魂，譬如一個夏季
也那樣失蹤

它走過碎石子路走過房子
走過落葉走過鳥爪
走過陰暗齧齒摩擦的謊

帶著
些微的血漬
從來還不夠銳利的蜂刺
遠比不上語言
喔愛與恨
請傾耳，傾斜你最人的角度。

我想那些遺失的耳環
必然有場聚會
盛大的，不為人知的騷動
看待永恆的質地

如何迷失在漩渦裡
放棄自己的一半

即將成為精怪

面對蒸籠的時候
突然覺得自己
開始精怪

煙霧
沒有值得說穿的
鬼魅足以
穿越的竹林
濕冷的小巷
搖動火焰，失溫的呼氣
飛蛾難以辨識名字

夜還未到了應該的頓點
肉體漂浮
靈魂是穿脫用的上衣
扣好飢餓

室內練習
對空說出僅有的對白
回應是風
流浪不知多久的
沒有行李
等候誰能招來

雷

閃動，據說那是神的髒話

太接近也太遙遠

不老不死的愛

寄望脫殼

煙火

有小小的存在
也有大大的聖誕

如果我們有河
岸是乾燥的
抱著彼此的四肢
燃燒卻成為雨
抓不住的就緩緩流走

如果你也抬頭
發覺星也是燒乾的煙火
在熄滅前

紀錄死去的樣貌
我們知道
夜是最深邃的鏡子
消失的當下
好高好高

金屬是眾多的骨骸熔煉
揹著那些眼光
朝未知，預先觸碰的死
一聲。掌聲
稀稀落落
宛如退去的人潮

後記　告別以後

我來說，寫作是一個開關，隨時都可以關上，我知道很多人比我好，比我溫柔，比我更加美好，或者比我知道得更多。其實隨時都可以停下的，畢竟知道自己並不是什麼重要的人，背負著他人的期待和讀者殷切的期盼，那都不會是我。我是一個邊緣人，多數時候是一個廢物，像是廢棄的盆栽那樣，有時打開了開關，想說一些事情，於是就寫了，於是就好像寫下去了。

有個朋友說：「我覺得，你是非常渴望愛的人。」我承認了，我說寫作是孤獨的，或許所謂孤獨就是在尋找一個被愛的過程，或是狀態，但我這麼回應的時候，我想起過去也有人對我說：「我是不懂愛的。」很可能正是因為不懂所以才渴求，才想要擁有，即使是不懂的。想要的東西，未必真正理解它，想要自由想要愛想要每天都過得如何如何，如果問了解那是什麼嗎？至少我是不確定的，我認為總在過程中摸索，摸索一個世界的邊界，只能越來越接近，越來越往理想的方向前進，當然更多時候的自己，其實完全不確定也沒有在前進，有沒有變得更好。

我一直問一直也沒有答案，所以寫下去或者還寫下去，大概也是因為這原因，有很多人做不同方式為自己留下東西，不管是以後留給他人或者是作為一種自我回顧的眼光，以我來說，寫作大概就是留存的一種方式和照片、影片等等不同，保存了不同的東西，不同部分的自己。這本詩也是為那一部分的自己給了一個交代，不管以後自己到底會不會繼續，至少留下了一點，一點告別過的痕跡。

向相視一一告別
後記　告別以後

語言文學類　PG1661　吹鼓吹詩人叢書32

向相視——告別

作　　者 / 林焗勛
主　　編 / 蘇紹連
責任編輯 / 徐佑驊
圖文排版 / 周妤靜
封面設計 / 蔡瑋筠

發 行 人 / 宋政坤
法律顧問 / 毛國樑　律師
出版發行 / 秀威資訊科技股份有限公司
114台北市內湖區瑞光路76巷65號1樓
電話：+886-2-2796-3638　傳真：+886-2-2796-1377
http://www.showwe.com.tw
劃撥帳號 / 19563868　戶名：秀威資訊科技股份有限公司
讀者服務信箱：service@showwe.com.tw
展售門市 / 國家書店（松江門市）
104台北市中山區松江路209號1樓
電話：+886-2-2518-0207　傳真：+886-2-2518-0778
網路訂購 / 秀威網路書店：http://www.bodbooks.com.tw
國家網路書店：http://www.govbooks.com.tw

2016年10月　BOD一版
定價：300元

國家圖書館出版品預行編目

向相視——告別 / 林烱勛著. -- 一版. -- 臺北
市 : 秀威資訊科技, 2016.10
面； 公分. -- (吹鼓吹詩人叢書 ; 32)
BOD版
ISBN 978-986-326-394-4(平裝)

851.486 105015493

讀者回函卡

感謝您購買本書，為提升服務品質，請填妥以下資料，將讀者回函卡直接寄回或傳真本公司，收到您的寶貴意見後，我們會收藏記錄及檢討，謝謝！如您需要了解本公司最新出版書目、購書優惠或企劃活動，歡迎您上網查詢或下載相關資料：http:// www.showwe.com.tw

您購買的書名：______________________________

出生日期：________年________月________日

學歷：□高中（含）以下　□大專　□研究所（含）以上

職業：□製造業　□金融業　□資訊業　□軍警　□傳播業　□自由業
　　　□服務業　□公務員　□教職　□學生　□家管　□其它____

購書地點：□網路書店　□實體書店　□書展　□郵購　□贈閱　□其他

您從何得知本書的消息？

□網路書店　□實體書店　□網路搜尋　□電子報　□書訊　□雜誌
□傳播媒體　□親友推薦　□網站推薦　□部落格　□其他________

您對本書的評價：（請填代號　1.非常滿意　2.滿意　3.尚可　4.再改進）

封面設計____　版面編排____　內容____　文／譯筆____　價格____

讀完書後您覺得：

□很有收穫　□有收穫　□收穫不多　□沒收穫

對我們的建議：______________________________

____

____

____

請貼
郵票

11466
台北市內湖區瑞光路 76 巷 65 號 1 樓
秀威資訊科技股份有限公司 收
BOD 數位出版事業部

（請沿線對折寄回，謝謝！）

姓　　名：＿＿＿＿＿＿＿＿　年齡：＿＿＿＿　性別：□女　□男

郵遞區號：□□□□□

地　　址：＿＿＿＿＿＿＿＿＿＿＿＿＿＿＿＿

聯絡電話：(日)＿＿＿＿＿＿＿＿(夜)＿＿＿＿＿＿＿＿

E-mail：＿＿＿＿＿＿＿＿＿＿＿＿＿＿＿＿